# AFFAIRE DE LA PLATA.

# PROTESTATION.

## 1841.

# PARIS,

IMPRIMERIE DE E. BRIERE, RUE SAINTE-ANNE, 55.

1841.

# AFFAIRE

# DE LA PLATA.

# PROTESTATION.

En livrant à la publicité les deux pièces suivantes, nous remplissons un devoir que nous prescrit impérieusement tout ce qui est relatif à l'accomplissement de notre mission tant ici qu'en Amérique.

On s'est obstiné à donner une fausse interprétation à la conduite de la population française de la Plata relativement au traité du 29 octobre. On lui a fait ainsi une injure qu'elle supportera avec moins de résignation que tous les maux qu'elle attend de la ratification de ce traité. — Un silence plus prolongé de notre part aurait pu faire croire que nous acceptions les imputations dirigées contre nos commettans. Nous devions donc protester au plutôt contre un mal qui aggrave encore la position fâcheuse dans laquelle on les a mis au moment même où ils venaient demander appui et protection. Nous devions leur réserver, par un acte solennel, la faculté d'en appeler un jour à la Chambre et au gouvernement mieux informés. C'est ce que nous faisons formellement ici. Nous avons cru nécessaire de reproduire la pétition adressée à la Chambre, d'autant plus que cette pétition n'y a pas trouvé l'accueil que commandaient les intérêts d'une population française si nombreuse et si utile à la France dans ces contrées lointaines. Elle était dictée par un sentiment auquel nous espérons voir bientôt rendre justice ; on saura alors mieux qualifier les intentions de ceux qui, se renfermant dans l'anonyme, n'ont pas hésité à calomnier dans des publications récentes, toute une population de 12,000 de leurs compatriotes, qu'une distance de 3,000 lieues sépare de ses détracteurs.

Tels sont les motifs qui nous avaient engagé à demander une audience à M. le ministre des affaires étrangères pour éclairer sa religion sur une question si importante. M. le ministre n'ayant pas jugé convenable de répondre à notre demande, nous croyons qu'il est de notre devoir de publier en même temps et la lettre que nous lui avons adressée et la pétition des Français de la Plata.

ALFRED-GUSTAVE **BELLEMARE**,
*Délégué de la population française de la rive gauche
de la Plata.*

# LETTRE

ADRESSÉE AU MINISTRE DES AFFAIRES ÉTRANGÈRES.

Paris, 24 février 1841.

Monsieur le Ministre,

Votre Excellence a déclaré à la Chambre des députés que l'intention du Gouvernement du Roi était de ratifier le traité de Buénos-Ayres dont j'étais venu solliciter le rejet au nom de la population française qui réside sur la rive de la Plata, et elle a fait connaître les motifs de cette détermination. De son côte, la Chambre a écouté avec faveur les explications de Votre Excellence, et a fermé, avec empressement, une discussion à peine entamée.

Avant de rendre compte à mes commettans des stériles résultats de ma mission, un devoir me reste encore à remplir. Je dois avec respect, mais avec netteté, prouver à Votre excellence que le Gouvernement du Roi a été étrangement trompé, et que la ratification du traité de M. le vice-amiral de Mackau porte à notre honneur et à nos intérêts dans la Plata et dans toute l'Amérique un coup à peu près mortel. Je dois aussi repousser d'injustes attaques dirigées contre mes commettans et renverser l'échafaudage de mensonges dont on s'est servi pour égarer l'opinion du Gouvernement et des représentans du pays.

Dans son discours à la Chambre des députés, Votre

4

Excellence a dit que *la pétition des Français avait été complètement inconnue du Gouvernement; qu'elle aurait dû lui être adressée et qu'on avait présumé ses intentions, quoique le cabine actuel ne fût pas le même que celui qui avait donné les instructions.*

La réponse est facile. Lorsqu'au mois de novembre dernier, les Français de la Plata ont rédigé leur pétition à la Chambre, ils ne pouvaient savoir que le ministère du 29 octobre avait remplacé le ministère du 1ᵉʳ mars, et ils avaient sous les yeux une lettre de l'aide de camp de M. de Mackau ainsi conçue : *Je regrette de ne pouvoir vous annoncer la terminaison de nos différends avec Buénos-Ayres par la guerre, mais l'Amiral à dû suivre les instructions du Ministre.* Pouvaient-ils donc en appeler à M. Thiers des ordres donnés par M. Thiers? J'avais toutefois pour instruction de faire une démarche auprès du Gouvernement si j'en voyais la nécessité, mais je n'arrivai à Paris qu'après les interpellations à la Chambre des pairs, et déjà Votre excellence avait déclaré qu'elle approuvait la conduite de M. de Mackau. Cependant j'adressai une demande d'audience à Votre Excellence plusieurs jours avant la séance de la Chambre des députés, et je n'ai reçu aucune réponse.

Voici la seconde observation de Votre Excellence dans son discours à la Chambre. *Avant le blocus en 1835 et 1836 la valeur des importations à Montevideo s'élevait à 20,000,000 francs par an, et, pendant le blocus, leur valeur non plus annuelle, mais mensuelle, s'est élevée à 16,000,000 fr.; la Chambre tirera elle-même les conséquences de ce fait qui parle bien haut.* Les conséquences que Votre Excellence a voulu indiquer sont celles-ci : les droits de douanes enrichissaient

le Gouvernement de Montevideo par un blocus, il se plaint
de sa cessation, c'est tout simple; les Français établis
dans cette ville avaient vu doubler leurs affaires, la levée
du blocus tempère cette prospérité, ils se plaignent; cela
est tout naturel, mais il ne faut pas se laisser étourdir par
les cris de l'intérêt blessé.

Quelques observations feront justice de ces assertions
à l'aide desquelles on a surpris la bonne foi de Votre Excellence.

1° Les droits de douane se sont élevés à Montevideo,
dans les mois les plus heureux qui ont précédé le blocus,
à 1,700,000 fr., et, dans les mois les plus favorables qui
l'ont suivi, à 4,000,000 fr., et non à 16,000,000 fr. comme on l'a dit à Votre Excellence.

2° Le Gouvernement de Montevideo, fidèle à son alliance
avec la France, ayant mis à la contrebande des obstacles
vraiment insurmontables, a supporté de grandes pertes, et
les frais de la guerre qu'elle a déclarée à Rosas ont ab-
sorbé une grande partie de ses rentrées extraordinaires.

3° Cette apparente prospérité de Montevideo, due au
blocus, s'explique facilement : la plupart des navires ex-
pédiés pour la Plata le sont aussi pour Buenos-Ayres,
faisant escale à Montevideo. Ils vendent, dans la seconde
de ces villes, tout ou partie de leur cargaison, et portent,
sur le marché de la première, quelques marchandises ré-
servées et toutes celles dont ils n'ont pas trouvé la vente
sur l'autre. Les chargemens de retour , composés de produits identiques , se font indistinctement sur l'une ou
sur l'autre place, en raison des circonstances. Si le blocus
de Buenos-Ayres avait rendu les marchandises à l'étranger moins nécessaires, il n'avait pas diminué à l'étranger

le besoin des marchandises de la Plata, de sorte que Montevideo fut chargé de fournir tous les produits américains à la consommation étrangère, et *devint l'entrepôt des produits d'Outre-Mer destinés aux deux ports ensemble.* De là, ces revenus extraordinaires de la douane, dont il faut retrancher la valeur d'une foule de marchandises qui y figurent seulement comme *en transit.*

4° Pour démontrer d'une manière incontestable la vérité de ce que j'ai avancé, qu'on jette seulement les yeux sur les chiffres suivans, qui, ceux-là, ne sont pas inventés, et qu'on retrouvera sans doute dans les compte-rendus du Consulat français à Montevideo :

En 1838, il est entré à Montevideo 612 navires de haute mer, jaugeant 109,521 tonneaux, et 1,146 caboteurs, jaugeant 36,696 tonneaux.

En 1839, il n'est entré que 524 navires de haute mer, jaugeant 98,005 tonneaux, et 1,024 caboteurs, jaugeant 28,166 tonneaux.

Cette comparaison donne pour déficit 210 navires et 20,046 tonneaux.

Pour le commerce français :

En 1838, il est entré 57 navires de 11,172 tonneaux ensemble ; en 1839, il n'en est entré que 48 jaugeant ensemble 9,031 tonneaux.

Soit en moins, pour 1839, 9 navires, jaugeant 2,141 tonneaux.

Beaucoup de ces navires français sont venus chargés seulement de sel.

5° Votre Excellence se trompe, lorsqu'elle parle de négocians français de Montevideo et de négocians français de Buenos-Ayres, il n'y a que des négocians français de la Plata, c'est-à-dire que ceux d'entr'eux qui ont leurs maisons à Montevideo ont des succursales à Buenos-Ayres, et *vice versà*; de sorte que les plaintes de mes commettans ne sont pas des plaintes de négocians de Montevideo, mais de négocians des deux places. Cela est si vrai que la Commission nommée par les Français pour rédiger l'adresse remise à l'Amiral, à son arrivée à Montevideo, était composée de quatre individus ayant leur résidence habituelle à Buenos-Ayres, et de trois seulement habitant Montevideo. Dans cette adresse, *les Français exposaient positivement le vœu que le blocus se prolongeât plutôt que de voir l'amiral consentir à un arrangement contraire à l'honneur de la France.*

Tous ces faits sont vrais, et Votre Excellence en tirera des conséquences contraires à celles que la Chambre a dû tirer du seul énoncé d'un fait faux.

Votre Excellence peut être persuadée que si nous nous plaignons, c'est que nos interêts sont encore menacés et surtout que notre honneur est compromis. Nous sommes aujourd'hui plus de 12,000 sur les rives de la Plata; parmi nous, il y a, il est vrai, des artisans et des commis, comme parmi les électeurs de MM. les Députés ; mais il y a aussi des hommes riches et éclairés, comme parmi MM. les Députés eux-mêmes. *Mais tous, en présence des étrangers,* nous éprouvons le sentiment de l'honneur national et nous lui faisons volontiers le sacrifice de nos intérêts. Ce ne sont pas là de vaines paroles ; que Votre Excellence consulte les faits. Avant le blocus nous avons demandé le châtiment de Rosas qui voulait faire peser sur nous son despotisme sanguinaire et, lorsque le jour du châtiment est arrivé, aucun de nous ne s'est plaint.

Pendant trois ans nous avons souffert en silence, et nous nous sommes réunis en armes autour de notre drapeau national pour défendre Montevideo attaqué par l'ennemi de la France. Après le blocus, nous protestons contre un traité qui deshonore le nom français surtout en Amérique, et qui prépare à notre gouvernement des embarras fâcheux dont il ne sortira que par la force.

A la tribune de la Chambre, Votre Excellence a lu des extraits de la correspondance des divers ministères qui ont pris part à l'affaire de Buenos-Ayres; elle a eu pour but de prouver que tous avaient désiré une transaction avec Rosas, et avaient repoussé des alliances avec des Américains; mais il y a des faits que rien ne peut effacer. Le Ministère du 12 mai a joint à ses instructions des armes et des munitions de guerre qui sont dans les mains de nos alliés. Le Ministère du 1er mars a proclamé solennellement à la tribune de la Chambre que *les généraux Rivera et Lavalle étaient les alliés de la France.*

Le Ministère du 29 octobre a déclaré par la bouche de Votre Excellence que, sans nos alliés nous n'aurions, sans doute pas obtenu de Rosas la capitulation du 29 octobre.

Monsieur le Ministre, je ne crois pas ma voix assez puissante pour faire revenir le Gouvernement sur sa détermination, mais ne puis-je espérer que Votre Excellence, se renfermant dans les termes mêmes de la convention du 29 octobre, retardera, autant que possible, la ratification de ce traité.

De grands événemens se préparent dans la Plata; en attendre le résultat, n'est-ce pas faire acte de prudence? Votre Excellence voudrait-elle qu'un de ses agens remît aux mains du général Lavalle victorieux, la notification d'un traité qui sanctionne sa proscription?

J'ose espérer que Votre Excellence daignera répondre à la présente lettre que je lui demande la permission de livrer à la publicité si elle demeure sans résultat. Elle restera du moins comme une *protestation* de la population française contre un traité qui la concerne et dans lequel on n'a consulté ni ses intérêts ni ses sentimens, et comme une refutation des erreurs que la grave et éloquente parole de Votre Excellence a propagées du haut de la Tribune.

Daignez agréer,

Monsieur le Ministre,

L'assurance de mon profond respect.

Alfred-Gustave BELLEMARE.

*Délégué de la population française de la rive gauche de la Plata.*

# PÉTITION

## Des Français de la Plata

*A LA CHAMBRE DES DÉPUTÉS.*

Messieurs les Députés,

Un traité déplorable vient d'être signé entre le Représentant de la France et le Gouverneur de Buenos-Ayres ; il compromet tellement nos intérêts, que nous avons dû protester, comme nous protestons contre sa validité.

Ce traité, illusoire là où il n'est pas désastrueux, fait peser sur son signataire une responsabilité d'autant plus grande qu'il l'a passé avec un pouvoir illégal. Le général Rosas était inhabile à traiter puisqu'il n'était plus ni gouverneur de la province de Buenos-Ayres, ni chargé des relations extérieures de la Confédération argentine. Pour passer sur des considérations aussi puissantes, il aurait fallu des motifs également puissans ; or, l'amiral de Mackau avait devant Buenos-Ayres des forces bien plus que suffisantes pour combattre un ennemi déjà presque vaincu, et d'ailleurs la victoire n'eût-elle pas été si facile, un officier-général français devait savoir, en prenant le commandement de six mille hommes marchant sous le drapeau tricolore, que ce n'était pas avant l'action, que des conditions comme celles qu'il a acceptées, devaient lui être imposées.

Car, ce n'est plus ici la France qui, après trente et un

mois de blocus, dicte des conditions; c'est elle qui les re-
çoit. Voyez plutôt l'ultimatum présenté en son nom le
28 septembre 1838, par le consul qui se trouva autorisé
pour mettre le blocus devant Buenos-Ayres. Des indem-
nités y sont stipulées; le gouvernement français les reconnaît tellement justes, qu'elles sont encore reproduites au
mois de mars dernier comme conditions déclarées invaria-
bles. Pourquoi donc aujourd'hui les remettre en question?
Ce n'est donc plus la France qui demande des réparations?

Avant d'avoir obtenu, même ce que nous offre le
général Rosas, nous lui rendons l'île de Martin-Garcia
que M. le Président du conseil déclarait, dans un discours
du 15 juin dernier, à la Chambre des pairs, ne pouvoir
être remise « parce qu'il y a, à cet égard, une contesta-
» tion sérieuse de propriété entre Montevideo et Buenos-
» Ayres. » Ce sont ses paroles. Nous rendons même au
général Rosas deux navires de guerre armés par nous
au moment où nous en faisons la remise, tandis qu'il est
notoire qu'ils étaient tout-à-fait désamparés lorsque nous
les avons pris.

Cette condition, messieurs les Députés, est une des
trois que M. le Président du conseil déclarait inadmis-
sibles.

La seconde, qui forme l'article 3 de la convention, a
trait à cette partie de la population argentine, qui a pris
les armes dans l'espoir, disons mieux, dans la certitude,
que la France l'appuierait. Et la France en effet ne l'a-t-
elle pas appuyée en lui fournissant des armes, de l'argent,
des navires, en combattant avec elle et pour elle? Que
devient-elle, cependant, par suite du traité? Une amnis-
tie, à laquelle personne n'ajoute foi, lui est offerte par le

général Rosas, et encore avec des restrictions telles,
que le représentant de la France reconnaît lui-même,
après la signature de son traité, que le dernier paragraphe
de l'art. 3 de cette convention a besoin de modification. Et
pourtant qu'il y a loin pour nous de la position où nous nous
trouvons maintenant par l'abandon que la France fait de
cette partie de la nation argentine, à celle qui nous était
réservée si sa cause eût triomphé! Une alliance de fait exis-
tait entre nous, c'était le résultat naturel des sympathies;
cette alliance fut resserrée par suite des événemens qui
placèrent le général Lavalle, en juillet 1839 à la tête d'une
force respectable, organisée sous les yeux et par les soins
des mandataires de la France; enfin elle fut, pour ainsi
dire, sanctionnée par le discours de M. le Président du
conseil à la Chambre le 27 avril dernier. En retour de notre
appui, de notre alliance, car celle-ci ne peut plus être mise
en doute, une convention avait été signée entre notre
chargé d'affaires et la commission nommée par le général
Lavalle pour représenter les intérêts de son pays, par
laquelle nous obtenions des avantages que nous ne pou-
vons ni ne devons obtenir de Rosas.

Les conditions de ce traité nous sont inconnues, mais
il existe, et M. le Ministre des affaires étrangères, mieux
que personne, peut donner à ce sujet les renseigne-
mens qui nous manquent, car ce traité se trouve dans ses
cartons. Voilà donc des avantages réels perdus, et nous
devons le déplorer. Mais nous déplorons bien plus encore
le sacrifice de tant de gens de cœur que leur confiance en
nous à conduits à leur ruine. Représentans de la France,
sanctionnerez-vous un pareil abandon?

La troisième condition impossible, de l'avis de M. le

Président du conseil, était la suspension immédiate du blocus; et cependant le blocus est levé, l'île de Martin-Garcia évacuée, deux navires de guerre rendus, et tout cela sans avoir rien obtenu, sans avoir même la moindre garantie.

Et comme si ce n'était pas assez de l'abandon de nos alliés argentins, c'est aussi par l'ingratitude que nous payons les services que nous a rendus l'Etat-Oriental. Ne nous a-t-il pas ouvert ses ports, ses magasins; nos marins ne se sont-ils pas abrités sous le toit hospitalier que leur a offert Montevideo? On nous dira sans doute que les services étaient réciproques, et nous sommes prêts à l'admettre. Mais alors il fallait une réciprocité d'égards, et cependant on n'a eu aucuns égards, on n'a rempli aucuns devoirs, quoique M. l'amiral eût donné l'assurance que la France considérait « *l'Etat Oriental comme un état souverain* » *et indépendant avec lequel elle avait et voulait avoir les re-* » *lations les plus amicales.* »

Il a dit, il est vrai, « qu'il ne se croyait pas autorisé à » faire intervenir qui que ce fût dans ses négociations » éventuelles avec le gouvernement de Buenos-Ayres; » que la France avait à obtenir satisfaction pour ses griefs, » et qu'elle ne mêlerait point à leur poursuite des intérêts » étrangers. Mais il a ajouté que, néanmoins, malgré le » silence de ses instructions sur un point de cette gravité, » comme elles lui laissaient une grande latitude, il *croi-* » *rait interpréter exactement les instructions de son gouverne-* » *ment* en prenant en considération les moyens d'être utile

» et de manifester sa bienveillance à l'État oriental de
» l'Uruguay. »

M. l'Amiral, en témoignage de son désir d'être utile à
un état que la France considère comme état souverain et
indépendant, avec lequel elle a et veut avoir les relations
les plus amicales, M. l'Amiral, disons-nous, a obtenu
pour cet état les *immenses* avantages de l'article 4 de la
Convention !

L'article 5, qui détruit tout d'abord l'article 6, est trop
extraordinaire pour que nous ne nous y arrêtions pas ;
puisque par cet article le général Rosas déclare, et
M. l'Amiral de Mackau reconnaît, qu'aucune cause n'exis-
tait qui autorisât la mise du blocus. Cet article dit en effet
que les mêmes droits, les mêmes priviléges dont jouissent
actuellement les étrangers dans la Confédération Argentine, sont communs aux sujets et aux citoyens de toutes et
de chacune des nations neutres et amies. Ou le traité
ment, et M. l'Amiral de Mackau devait le savoir, ou les
avanies, les outrages dont les Français ont été tant de fois
victimes ( à ce point que leur gouvernement a dû en demander la réparation ) ne leur ont été faits qu'en haine de
la nation à laquelle ils appartiennent, et c'est ici le cas,
Messieurs les Députés, d'appeler votre attention sur la
politique du général Rosas.

Elevé loin du monde, au milieu des tribus sauvages,
don Juan Manuel de Rosas n'a pu connaître les bienfaits
d'une éducation libérale. Accoutumé, dès son enfance, à
dominer les gens grossiers qui l'entouraient, l'idée seule
de la domination a trouvé place dans son cœur. Mais on
ne domine despotiquement que les masses ignorantes ; de
là l'étude constante du général Rosas pour éloigner de sa

patrie les lumières que lui envoyaient les pays étrangers.

La France, depuis sa révolution de 89 surtout, n'a cessé de faire sentir son influence intellectuelle à tous les pays de la terre; et où pouvait-on embrasser avec plus de chaleur, avec plus de passion même, que dans les Amériques, ces idées d'indépendance politique, de régénération sociale que nous leur présentions? Les Amériques conquirent leur indépendance ; mais l'œuvre de leur liberté fut plus longue, plus coûteuse, et pour Buenos-Ayres surtout; aujourd'hui elle est devenue stérile. Car, un homme s'est rencontré qui, étouffant en son sein tout amour de la patrie, n'a fait servir le pouvoir, remis entre ses mains par un enchaînement de circonstances bizarres, qu'à l'asservissement de son pays.

Les idées françaises, reproduites chaque jour par des citoyens français, devaient nécessairement retarder et probablement rendre impossible, la domination qu'avait rêvée Rosas ; il en poursuivait l'œuvre avec l'ardeur et la constance que devraient seules inspirer les actions généreuses. Ces idées, il fallait les repousser à tout prix. Il évoqua l'horrible inquisition dont la société moderne a fait justice, et nous avons vu les livres de nos philosophes brûlés sur la place publique par la main du bourreau! Mais qu'importe qu'on brûle des livres, lorsque leur personnification nous heurte à chaque pas? Rosas sentait trop cette vérité pour ne pas s'adresser aux personnes elles-mêmes : aussi commença-t-il lentement, et avec la patience de l'Indien, ce système de persécution qui allait chaque jour s'augmentant avec d'autant plus de force, qu'il le suivait avec plus d'impunité. La France cependant lui demanda compte de ses outrages, et nous ne ferons pas à nos ministres l'injure de supposer qu'en adoptant des mesures coërcitives comme celles qui furent employées, ils le firent sans avoir acquis une entière conviction que tout autre moyen serait illusoire. Ils savaient si bien que les outrages étaient l'œuvre d'un seul homme, qu'ils ont toujours déclaré à la tribune nationale, et dans leurs ultimatums, qu'ils ne faisaient nullement la guerre à la nation argentine, mais uniquement à Rosas. Ainsi, M. l'Amiral le savait lorsqu'il a quitté la France, et combien ne s'en est-il pas convaincu lorsqu'il est arrivé parmi nous? Qu'a-t-il vu en effet, dans ces infortunées provinces formant autrefois la Confédération argentine? Une lutte à mort engagée entre la barbarie et la civilisation : celle-là ayant pour champion un seul homme et des masses ignorantes; celle-ci les gens éclairés de la nation; mais, ici comme partout, inférieurs en nombre et incapables de lutter seuls contre la tyrannie sanglante dont ils n'avaient pu, tout en la prévoyant, empêcher l'intronisation. La France n'avait qu'à laisser tomber son épée dans le plateau de la balance, et la civilisation avait vaincu. Mais la Providence en avait ordonné autrement : au moment solennel, Dieu a frappé d'aveuglement l'homme que nous avions pris pour un sauveur, et la barbarie remporte un hideux triomphe. Que la France se couvre de son voile !

Messieurs les Députés, notre stupeur fut grande en apprenant cette funeste nouvelle : la vôtre n'aura pas été moindre. Mais nous avons promptement recouvré notre énergie. Livrés à l'implacable Rosas, nous avons protesté contre Rosas lui-même. Au-dessus du sacrifice de nos intérêts pécuniaires, de nos existences même, nous avons vu le sacrifice de l'honneur national, bien plus puissant sur nos cœurs, encore et toujours français ; et c'est lui, c'est cet honneur national, c'est l'humanité tout entière que nous vous appelons à venger.

Messieurs les députés, n'aurez-vous que des vœux pour la patrie outragée, pour vos frères abandonnés au ressentiment terrible du dictateur de Buenos-Ayres? Car voyez, depuis l'inexplicable convention signée par M. l'amiral de Mackau, voilà Rosas monarque absolu. — Qu'importe un nom? Rosas n'aura-t-il pas désormais un palais somptueux, une garde nombreuse? les sceaux de l'Etat ne seront-ils pas les siens, les propriétés de l'Etat les siennes? L'Etat lui devra tout, et lui ne devra rien à l'Etat, car il est exempté de toute contribution quelconque, personnelle ou pécuniaire.

Et voyez aussi l'effet de sa clémence : « Il châtiera » comme perturbateur de l'ordre quiconque attaquera la » personne ou la propriété d'un Argentin ou d'un étran- » ger sans ordre exprès, écrit, émané de l'autorité com- » pétente. » Sans doute, Messieurs les Députés, vous ne comprendrez pas que l'autorité puisse donner l'ordre d'attaquer la personne ou la propriété d'un individu quelconque. M. l'amiral se chargera de vous dire que c'est un des nombreux bienfaits du traité qu'il a signé.

Ce traité est horrible dans ses conséquences ; mais combien son préambule n'est-il pas humiliant pour nous ! C'est deux jours après la signature de la convention que Rosas dit encore dans un décret :

« Lorsque ce peuple achève de consolider ses droits » par une convention honorable avec la nation fran-

» çaise, convention qui met un terme aux différends *qui*
« *servirent d'appui* aux *sauvages* et *traîtres unitaires*, etc... »
Ainsi nous, hommes de la France, nous avons pactisé avec
des sauvages ; ainsi vous, Députés de la France, vous avez
voté des subsides pour une alliance avec des *traîtres*, avec
d'*immoraux aventuriers*. —Car ces mots et bien d'autres se
trouvent aussi dans le décret. Eh bien ! si Rosas, le jour
même de la ratification du traité, outrage ainsi la France,
que ne fera-t-il pas à l'avenir ? Si Rosas nous insulte à la
bouche de nos canons, c'est qu'il savait bien que
nos canons ne lui portaient qu'hommage et obéis-
sance !

Lorsque la flotte de la Plata rentrera dans nos ports, la
France demandera compte de ses enfans. — Bacle, il est
mort dans les tortures ; Wenzel, les élémens avaient
respecté lui et ses compagnons d'infortune, mais les satel-
lites de Rosas les attendaient au rivage, et ils ont été as-
sassinés sur les bords où les avait jetés la tempête ; Va-
rangot a été égorgé sous notre drapeau parlementaire,
sous la volée de nos vaisseaux, pendant les négociations
du traité qui nous assure une paix *durable*.

Messieurs les Députés, l'analyse adjointe des articles
de cet inqualifiable traité, la multiplicité des documens
que nous y avons joints, nous imposent le devoir de sus-
pendre l'expression de notre juste douleur. La raison,
l'humanité, l'honneur national, la politique sacrifiés dans
le siècle des lumières au profit d'un seul homme, au profit
de la barbarie dont il est la personnification. Sans doute,
Députés de la France, ce sont là des raisons assez puissantes pour éveiller vos sympathies, et pour empêcher

qu'une royale sanction ne proclame le terme de l'existence politique et commerciale de la France dans les Amériques.

Vos compatriotes de la Plata vous confient la défense de leurs existences et de leurs intérêts, et ils ont l'espoir bien légitime que vous ne les abandonnerez pas.

*( Suivent les signatures. )*

Cette pétition a été votée trop peu de jours avant notre départ de Montevideo pour que tous nos compatriotes aient pu la signer, ainsi qu'ils voulaient le faire. Cette circonstance s'explique facilement par les occupations actives auxquelles se livre une population industrielle et laborieuse, et qui ne lui permettent pas de saisir le moment opportun de remplir toujours ses devoirs. — Cependant cette pétition a reçu de suite près de 1300 signatures. — Nous voudrions bien les faire connaître; mais on conçoit que la publicité exposerait ceux qui les y ont apposées à un surcroît de dangers et de persécutions de la part du dictateur de Buenos-Ayres.